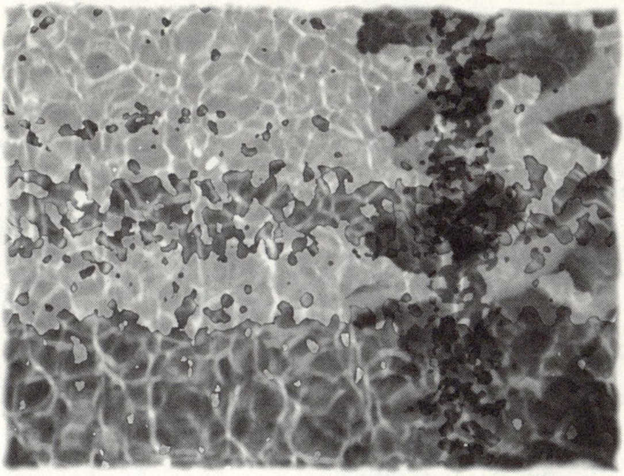

Collection S. Fischer

Dirk von Petersdorff

ZEITLÖSUNG

Gedichte

S. Fischer

Collection S. Fischer
Herausgegeben von Uwe Wittstock

Band 84
Originalausgabe
Veröffentlicht im Fischer Taschenbuch Verlag GmbH,
Frankfurt am Main, September 1995

Satz: Fotosatz Otto Gutfreund GmbH, Darmstadt
Druck und Bindung: Wagner GmbH, Nördlingen
Printed in Germany
ISBN 3-596-22384-9

Die leichten Diskurse sind an die schweren
wie an Luft und Erde gebunden. Durcheinander
spielt sie alle das Dasein.

Nach Hugo von Hofmannsthal

Suche

Dianas Frage

Dem Troß von Astrologen, Hellsehern,
Kartenlesern entkommen, den Stimmen
der Toten, der Konkurrentin
Camilla Parker-Bowles
entwischt,
verschlagen
nach Washington,
irgendeine Dachterrasse,
irgendeine Party –
die Prinzessin von Wales,
von der Rolle,
leer,
total ab,
wie einst Valentinus
am kühlen Morgen des Denkens
– Wer waren wir? Was sind wir geworden? Wo
waren wir? Wohin sind wir
geworfen? Wohin
eilen wir…
jetzt
die Prinzessin
absolut göttlich!
schwüle Nacht,
Tablettenmond,
ihre jederzeit
kippende Stimme öffnet den Kreis:
Could you possibly tell me,
what I can do with
my bloody life?

Die Suche

Der heilige Georg sucht seinen Drachen.
Struppi sucht Tim, leise weinend.
Eros sucht Thanatos.

Pat Garrett jagt Billy the Kid.
Piloten suchen das Weite.
Wo sind wir jetzt?

Sagen Monologe auf –
Kreaturen im gekrümmten Raum,
Erben, erkaltet,

murmelnde Versuche –
fließen, schwellen und schäumen
gurgeln, glucksen, strömen dahin –

dieses Rauschen der Kunst
ist das Rauschen der Zeit,
die um einen Felsen fließt.

...et inquietum est cor nostrum...
...circumferens mortalitatem suam...
...circumferens testimonium peccati...

Manager haben Durst.
Das ist der Mangel an Sein.
NEUE AVENTIUREN!

Wir jagen den Frieden
...circumferens testimonium peccati...
Manager suchen Therapeuten

...circumferens mortalitatem suam...
wir sind Manager
in der großen Kette der Wesen

...et inquietum est cor nostrum...
uns eint der Wunsch
nach einem Herzschrittmacher.

Von seltsamen Gesängen lese ich
beim Blättern, die das Kind in uns
immerfort trösten müssen

über die Angst vor dem Tod.

Dieser Klappstuhl

am Fjord, unbewegt,
dieser Beobachter,
bärtig, Mitte 40,
atmet flach.

Der Fels, vom
Wasser umschlossen,
unverrückbar,
kalte Umarmung.

Das ist der Norden,
Erfindung der Eiszeit,
im Taglicht schauernd,
braucht niemanden.

Woher kommst Du,
müder Pilger,
fährst, 14 Tage,
Wohnmobil, landest

hier und sitzt nun da?
Bis das Auge türkis wird
über dem Fjord, Spiegel
himmlischer Leere.

Logik und Verlorenheit

Auf einem Zettel, in ein Kleid genäht,
fand ein Diener
nach dem Tod Pascals die Worte
FEUER
   ... Gott Abrahams, Gott Isaaks, Jakobs,
   nicht der Philosophen und Gelehrten,
   vergessen von der Welt, von allem...
GEWISSHEIT
                    zwischen abends zehneinhalb
und einer halben Stunde nach Mitternacht
TRÄNEN
         der Freude usw., Rede
einer flatternden Zunge, Zitate,
psalmodierend
   non obliviscar sermones tuos,
kein Zusammenhang, losgesagt
von allem, im Jahr der
GNADE
         1654. Mag sein, die Angst
(*vor der Angst,* so er selbst, rhetorisch
geschult), überfiel den Erfinder
des Vakuums in den Windungen
des Hirns, Sternenschauer – Angst,
ein unablässiger Silberrefrain.
                    Mag sein, wahrscheinlich
Trugbilder in der Einsamkeit
kommunizierender Röhren, Glas. Pascal
beweist nichts. Leergebrannter Abgrund,
Funken der Erinnerung. Dann die Schwärze
der Schrift, die uns bleibt, Zeichen,
kombiniert aus Logik und Verlorenheit.
Ein Finger buchstabiert Erschrecken,
bilderlose Kälte, die kalt läßt,
chancenlos – wie schmeckt Äther?

Unsagbares Gemisch, kein Bedarf, Äther
– *ein letztes Unbekanntes* –
Verlangen, von allen vergessen.
Das beweist nichts. Pascal
erfand die Ferne neu. Seine
ANGST
        auf einem Zettel
GEWISSHEIT
                ins Kleid genäht
fand ein Diener
    non obliviscar sermones tuos
nach dem Tod Pascals
und gab sie weiter.

10. Stock,

klimatisiertes Hochhaus, Tenne der Sterblichen.
Cool bleiben, lachte, höchstens 19,
meine Führerin, schwach ich, als
wir einen Schwarm von Sekretärinnen
passierten, geschminkt, mänadisch, zappelnde
Münder
        was soll das Theater?
ihre Gedanken
        wir rufen zurück
entstehen beim Reden
        alles wie immer
nebenbei essen sie Donuts u.
warten auf die Existenz; dazu
die Musik: *Alles ist gut,* singt
Madonna, sie will in den Ätna springen;
und vor den Fenstern rasender
Wolkenzug, tiefgrau, dann Stürze
von Helligkeiten im Großraumbüro,
Lichtflecken, auf einem Schirm Gesichte,
Fax-Surren, ewig – okay, okay,
es gibt zahlreiche Fegefeuer, es gibt
Fernsehen nach dem Tod des Moderators,
wenn ich wenigstens, bitte, den Schlüssel,
den Code, was den Laden
im Innersten – sie lachte.

Im Turm

Vergiß die Talk-Show! Erich Böhme
          ist nur ein Gleichnis.
                    Schwarzes Rechteck, Trance-
Maschine, erloschen, knisternd
          fahren Sie fort
                    hinter den Stirnknochen
Kathoden-Taumel, Licht
          schweigen Sie nicht
                    (müde bist du)
Wellen
          Sie wiederholen sich
                    auf einem Schirm
fließend – *drehen sich im Kreis.*
          Leere, Licht-aus, Zimmer-Loch.
                    (Nachttisch, Fernbedienung
Wasserglas, alles da), nur du
          zum Thema
                    streunst, zerpflückt
von täglichen Mänaden
          (Dionysos: ein Zapper)
                    im Stimmenwald, redende
Löcher – *was soll das?*
          geköpfte Meinungen – *was meinen Sie?*
                    Irr-Lichter – *was nun?*
geistern durch ein zynisches Gehölz.
Bloßgelegte Nervenbahn
          im Zimmer
                    zwischen Schatten
Schreibtisch, Palme, Boxen
          denken Sie
sich: Neuronen-Schnipsel (Kind
          vor zerrissener
                    Qualle, weißt du noch

im Sand hockend . . .
Fragmente), versickernd
wie die Frage
nehmen Sie sich zusammen
was zu dir gehört
und die Frage
warum gesprochen wird im Turm
zum Thema
Verlorenheit
(bist Du ein Zufall, Erich Böhme?)
fangen Sie sich
warum etwas ist (Atem
Bettdecke, Krampf
der in der Wade wächst)
fragen Sie pragmatisch
und nicht nichts.
(Bei SAT. 1
steigt
aus der Gärung der Endlichkeit
ein Schaum empor
. . .)
Schlaflosigkeit, zynisches
Rumpelstilzchen, Brei
rührend, Endlos-
schleifen, Reizprogramm
brandende Impulse
verebben im Kreisgang.
Nur ruhig, setz dich
das Bein auf den Teppich
löst sich der Krampf
bleiben Sie locker
erschlafft
wie das Gerede
unter dem du zurücksinkst
im Dickicht
Projekte

im Turm, wo Boten
offenen Auges
(unter Schichten der Ironie)
träumen – *wie kommen Sie darauf?*
Daunen, Fragen
im Turm – *wer nimmt*
mir den Traum von der Stirn?
gebleichte
Fragendecke, Worte
vernetzt –
langsam kreisender
Schlaf.

Lassen wir Narziß beiseite

Echo ist es, die auf der Flucht
lacht, hallend flieht

Echo, im Steinreich,
Stimme

ohne Gebein, sagten die Alten, Echo
ihr Name.

Was für eine Art
Suche? Hunger

ist es, Hunger und Stein, Echo sucht
das Weite, und du

im Mondlicht
auf der Felswand,

wo du stehst
im Traum

oder nicht:
Ist jemand draußen?

Du und wieder
du, in der Wortflucht –

was ist das? Ich
wiederhole, was du vergessen hast,

Echos Lied, Echos
Lachen und Hunger

im Lachen. Echo
deckt ihr Gesicht mit Laub.

Deine Philosophie –
sogenannte Philosophie –

spät und früh –
niemals du – hör –

Echo sucht
das Weite

Stimmen in meiner

Märzgedicht

Was bleibt? In den Fenstern
gegenüber bläuliches Licht
Nachrichten
wo gehen wir denn hin?
vom Tage
vom heute gewesenen Tage.
Helles Lachen
von der Straße
was fehlt?
Märzluft, Ahnung
und Gegenwart, barfuß
am Fenster.
Dies helle Lachen
ein jäher Anfang
Play it again!
immer ferner
hat Zukunft
im März
begieriger Hauch, verschwindendes
Lachen.
Die alte Geschichte
Linien schneiden
und verzweigen sich
Schnittpunkte leuchten
einmalig, unverständlich
Figuren, wer das
lesen könnte
am Fenster, schwarzblaue
Wolkenzüge, im Kopf
Hegel-Vorlesungen
bodenlos
der Tag hallt nach. Nebenan
fallen Würfel, *was bleibt?*

die alte WG, nebenan
    Debatten, bim
      bam Systemkritik
Play it again!
    am Ende der Geschichte
      in Schaufensterläden
wo gehen wir denn hin?
    in bläulichem Licht
      sitzen die alten Freunde
sockfuß, halten Hände
    siderisch, *alles kommt wieder*
      Erdmutter Gaia
nichts geht verloren.
    In der Luft
      ein neuer Irrtum
auf der Zunge
    Liebe
      Aporien
Beruhigungstabletten
    im März.
      Einmal lebt ich
singt Udo Jürgens
    und mehr bedarf es nicht.
      Einsam unter dem Himmel
mit knisterndem Haar
    jäh
mit dem Fluß zur Schulter
    fern
      wie das Wort *Wollust*
ein Schwall
    Märzluft, am Ende
      der Geschichte
allein
    in der Wohnung
(mit einem Chinchilla
    Kreuzung aus Russenkaninchen
      und blauem Wiener, hell

gescheckt, zur Pflege hier. Sein Name
        ist Vishnu
rundäugig, schweigend). Am Fenster
        kräuselnde Erinnerung
            in der Nackenmulde
schimmernd, das Verlangen
        am Haaransatz
            auf der Zunge
sträubt sich
        die alte Geschichte
            schaudernd. Die Tage
ziehen ab wie Ungewitter
        schwarzblau, die alte Geschichte
            Kleinkriege
was bleibt?
        Alles,
            was den Menschen glücklich macht
sagte
        Alexandre Kojève
            am Ende
der Geschichte
        am Ende hielt er
            Hegel-Vorlesungen in Paris
wunderbar
        unverständlich
            schwarzblau.
Der Mond
        ein feiner Schmerz
            die Sichel, *was fehlt?*
in diesem Zimmer
        die Bücher (vom Ende
            der Geschichte), das Leergut
vom heute gewesenen Tage. *Was fehlt?*
        ist die Frage
            (beim Zeichnen der Wimpern
vorm Spiegel)
        wo gehen wir denn hin?

die Ruhe der Stirn
    für einen Wimpernschlag
(bis in die Fingerspitzen)
    wo gehen wir denn hin?
das Badezimmer im Rücken
    ist leer.
Die Ruhe ihrer Stirn
    sage ich
      was bleibt?
sagen die Freunde
    Atemtherapie
      am Fenster, ein Schwall
ein ozeanisches Gefühl, das die Nasenflügel
beben läßt
    am Fenster
ein Versprechen, eingesogen, Gemisch
aus Ahnung
    und Erinnerung, rundäugig.
      Sophia
sey mein Schuz-Geist
    der Ring Friedrich von Hardenbergs
      nur ein Beispiel
(kein Gegenstand
    der modernen Bildung
      wie sein Freund Schlegel
gesagt hätte) ein Beispiel
das in dieses Gedicht gehört.
    Die Tage werden länger
      im März
spielen die Jungs
    ein Mädchen
      im Hof
Streetball, tropfender
    Rhythmus, *beats per minute*
      in bläulichem Licht

Play it again!
in zerlöcherten Jeans, *beats*
per minute, Tropfen
auf Stein
(Streetball
hat Zukunft).
In diesem Gedicht geht der Mond auf
am Ende des Kampfes
wo gehen wir denn hin?
der Mond (über Avignon
zum Erstaunen groß
kam er
über die eher niedrige Stadtmauer
gelbe Scheibe
am Nachthimmel aufgehängt.
Die durchlöcherte Stimme
wo gehen wir denn hin?)
mein Reden
am Fenster
sublunar
verliert den Umriß
am Ende des Kampfes, *was bleibt?*
Es ist
was es war
es ist
hart für den Verstand
sagt Hegel
barfuß, unter dem Mond.
In diesem Gedicht
(in Wahrheit
eine Theorie vom Hauch)
erscheint der Schmerz
rundäugig
sockfuß die Trauer
der Witz siderisch. Es verschlingt sich

auf den Bildern
des Malers Runge
(in Wahrheit
Fenster
für Monaden)
das Ende
mit Wellen
des Anfangs. Alles
enthält die Märzluft, zerlöchertes
Netz, gasförmiges
Mysterium
(irgendeiner verwirrten Göttin)
und alles
konzentriert sich
am Ende der Fragen
(was fehlt? was bleibt?)
in einer Nackenmulde
bläulich schimmernd,
mehr
als eine Geschichte.

Ohne Titel

für Sandra

Einmal, Ästhetin, im Traum
Gesichter, Teile einer
Galerie – gekrümmte Kapsel
voll künstlichem Licht

(an Stelle der Wände)
voll des Schweigens vor
der Wahrheit von Masken,
Leben, durchleuchtet

mit einem Schlag. Als
wäre Leben versammelt
aus Falten, vergessen,
gepaart mit der Angst

des Verlöschens am Ende
des Traums – Gesichter,
vor mir Fensterbilder
in jähem Licht, Mimik

auf dunkelndem Grund
– lachendes Sommerbild
– Melancholie, Kreide
– Kindergesicht, der Blick

über die Schulter,
verloren – am Ende
ein stilles Gesicht
ohne Wellen, Abend,

letzter Schein, der
Kopf im Lichtkreis,
dunkel der Körper auf
einem gewölbten Stein

am Meer. Ästhetin, einmal
im Traum eine Reise
(es ging nirgendwohin),
Schattengesichter am Band

zogen vorbei, das Licht
im Rücken, gestreut;
(der Traumdeuter schlief,
so war ich glücklich.)

Die Geschichten sind am Ende

die Figuren gehen umher, stolpern, gehen in alle Richtungen auseinander, steif, wie Holzpuppen, gehen.

Das Meer hat die Farbe des Himmels,

da ist kein Horizont. Das Meer ist ein Gemurmel und ein Flüstern am Abend. Das sich hebt und senkt,

das Meer,

am Strand, hebt es und senkt sich, befeuchtet einen Streifen, schmalen Streifen und gurgelt und spielt am Rand. Ausgelöscht sind die Worte der großen Erzählungen.

Schwalbenflug,

Schwalbensprünge, letzte Sprünge am Abend vor den Höhlungen der Küstenwand, Luftsätze. So spreche ich, Sätze am Meer, das glatt gestrichen ist. Ich bin aus den Romanen herausgegangen, vorwärts kann ich nicht sehen.

Der Abendwind

regt das Meer nicht auf, der Abendwind kühlt das Gesicht. Und die Rede nimmt ab, die Rede legt sich. *Wohin ist,*

kleiner Nordwind,

die Fantasie gezogen? Das geht ein in die Stimmen über dem Wasser, die keine Stimmen mehr sind, der Abendwind nimmt mir die Stimme, die Geschichten

sind aus und ich bin frei.

Das Meer ist ein Gemurmel und ein Flüstern am Abend,
das einen Puls hat in der Tiefe und lebt. Dies ist

meine Rede an das Meer,

gehalten im Sand, die Knie angewinkelt sitz ich im Sand.
Das Meer ist glatt gestrichen zur Nacht, und nun:

Seht ihr den Mond dort stehen?
Er ist nur halb zu sehen,
Und ist doch rund und schön.

Am Elbstrand

vor Hamburg, im Sand. Montagvormittag, ich war allein. Der Himmel grau, nicht hoch, nicht tief, und keine Wolken, endlos glatt und mittelgrau, Regenwahrscheinlichkeit 50 %. Und blaugrau floß die Elbe. Containerschiffe zogen dahin, Schiff an Schiff gereiht, mit festem Abstand, stiller Zug. Die Container lagen gestapelt, rostigbraun und andere leuchtend, blau und gelb, dann wieder schwarz, eine Reihe in oliv und einer frisch gestrichen, rot. Reihen von Quadern, zogen sie träg dahin. Da saß ich und sah die Kette, den Kreis, denn bald kamen auch Schiffe vom Meer und neue zogen fort aus der Stadt, endloser Fluß. Müde war ich, still, folgt ich dem Fluß der Schiffe, der Kette der Containerschiffe, die lautlos sich bewegten, automatisch gesteuert. Manche trugen Zeichen, ein X und Zahlen und Reihen von Buchstaben, die ich nicht las. Unendliche Fahrt, aufgezogen zu einem Kreis. Ein Psalm von der Flüchtigkeit. Ich saß an einem Vormittag an der Elbe.

Reste des Schlafs

Inseln, überflogen, ein Meer
von Atollen – ohne Grund,
Felsen, ausgestreut ohne Zeit.
Zwischen Schlaf und Wachen

rinnen die Urgewässer,
rauschen die Fraktale,
reden die Verlorenen:
Nach Hause telefonieren?

Wolken, Reste des Schlafs,
haltungslos, ein Aufstieg
(im Taumel der Sympathie
des Seienden – was sonst?)

Ein Knabe liegt im Kahne,
Läßt alles Rudern sein,
Und treibet weiter, weiter
Bis in die See hinein.

Die Zeit rinnt zurück,
heißt es, im Schlaf.
Mit der Trennung, heißt
es, wächst die Liebe.

Ein laufendes Kind, die Beine
trommeln, Sommergras – ein
HOME-RUN. Das Herz fliegt
an den Basis-Punkten vorbei.

Inseln, überflogen, im Delta,
ein Strom von Pflanzenwäldern,
verschlungen im Mündungswasser.
Auf nassen Fotos, zwischen

Schlaf und Wachen, schimmern
Flußadern, Wege der Netzhaut.
Im Morgenwind trocknen Bilder,
werden hell im Licht, weiß.

In der Lüneburger Heide

In einer Szenerie aus Sand und Erosion,
betäubter Landschaft, geht mein Weg

durch kahles Kraut, vogellos und stumm,
aus fremder Zeit. Gestrecktes Land,

bis auf die Atemfahne starr
und wie die Zunge trocken,

scherbengleich – *things fall apart.*
Vorm Horizont erscheint ein Punkt, kommt

näher – rasend – ist –
EINE PHANTOM IM TIEFFLUG, Brüllen,

das auslöscht, Donnern, verbrennt
im Sound, bebend – der Jäger

im Zenit, Silberhaut,
Flügel – aus

dem Bild, hallender Schall, Adrenalin
pocht, die Nerven-

stränge gespannt, Flimmerhaare
auf der Haut – emporgerichtet,

mania, für einen Moment
Stillstand, saugende Luft und Strom

bis in die Fußspitzen, Funken-
spitzen. Ein BRAUSEN vom HIMMEL,

das mich umspült wie Licht und
Luft und Stimmen in meiner. ICH

BIN AUSGESCHÜTTET WIE WASSER,
ALLE MEINE KNOCHEN HABEN SICH

GELÖST, MEIN HERZ IST IN MEINEM
LEIBE WIE ZERSCHMOLZENES WACHS.

Zur Zeit

Margot Honeckers Mantel

in einem Moskauer Kaufhaus, der Duftstoffabteilung, kurz vor Ladenschluß, grüner Loden, flatternd – so schäbig muß der Mantel des Weltgeistes sein. Denn dieser Auftritt berührt niemanden mehr. Die Männer der dpa spielen längst irgendwo Karten. Und die Kunden, der Seife, des Shampoos bedürftig, was schert sie die bleiche Gattin eines Ex-Diktators auf der Flucht. Bleibt der Mantelwurf, der Schwung der Falten, ein Abgang im Dämmerlicht Moskaus, fahrig, Korea im Kopf – nichts Großes die Szene, kein Rauschen, kein *fatum*, wie es Polybios träumte, steinerner Alp, auf den Trümmern weinten die Sieger... Wer will das behalten, verhärmte Geschichte, Antlitz in einem Kaufhausspiegel – für einen Moment – erstaunt. Und sie erinnert sich doch kaum, woher sie kam.

Heiner Müller im Bad

Liegend im Schaum,
im weißen Rauschen
ohne Tod und Traum,
versinkt der Wille,

ihm wird leicht. Läßt
Schaum vom Finger fallen –
Erdenschaum, hört
die Propheten lallen

und verstummen.
Schaum soll sein!
Ein fernes Summen,
Müller, mild und rein.

Hegel-Meditation

Der Mensch ist diese Nacht, diß
leere Nichts, das alles

in der Einfachheit enthält – *ein*
Reichthum unendlich

vieler Vorstellungen, Bilder,
deren keins ihm einfällt,

die nicht
gegenwärtig sind. Diß ist

die Nacht, das Innre der Natur,
Bilder – Echos

Wiedergänger – schon gekannt,
wie ich erkannt bin,

aus dem Innenwald
steigt ihr, Fenster-

schatten und
müßt fort.

Die Zeit ist jetzt durchmischt
und nichts gebunden,

daß die Anziehung frei ist
und die Elemente

neu sich finden,
in der Zeitlösung

treiben, in der Nacht
der Aufbewahrung treiben,

verschwinden, wenn ich
mir selbst ins Auge seh.

Denn diese Nacht ist Hunger,
leeres Sehnen

am Fenster
über dem Innenwald,

Wipfeltraum –
was für ein Traum,

wo alles gemischt ist,
die Gestalten schwinden,

sinken,
neu sich binden.

Der Mensch ist diese Nacht,
er sieht sich an,

die Bilder seiner Nacht,
und jeder Spiegel

nimmt sein Bild mit fort.

Zwischen den Jahren

Marzipankartoffeln. Entfernte Böller, vereinzelt – drei Tage bis Neujahr – kracht, verpulvert die Zeit. In einer mondlosen Nacht am Fenster zu stehen, Schatten mit Schal, zerfranst, heiser, zwischen den Jahren – wahr wie das Gewisper im Kopf eines Menschen, *der wohl in die Wahrheit hinein will und nach Objektivität Verlangen trägt* – Raketen, Lichtschauer – *aber sich dieser Einsamkeit und Zurückgezogenheit in sich* – Marzipan – *nicht zu entwinden vermag und nun von der Sehnsüchtigkeit befallen wird.* Schwärze. Und wieder das Krachen, die Hektik der Knallfrösche, pfeifende Schwärmer. Einsamer Kanonendonner. Früher vertrieben sie Geister, flatterhaft, verwehte Gestalten füllten die Luft, abseits der Zukunft. Schwärze, Schnee, einsetzender Schnee. Flocken, taumelnd, helles Gestöber, mehr und mehr, verschluckt das Krachen, verhüllt die Nacht. Weißes Gewisper, die Fülle verwirbelt, Schnee. Was für Gespinste, tänzelnd, abgelöst vom Schwarz. Schnee, der aus dem Nichts hell fällt, am Fenster vorbei, in der Tiefe – die Straße – schwindet, Gestöber, zwischen den Jahren.

Ein Grillabend,

windstiller Augustabend. Ein Grillabend bei der Tochter des Spediteurs, am Stadtrand. *Haben wir alles?* Ja, wir hatten alles, wir hatten long drinks und Geflügel und Diät-Nektar. Wir sahen von der Terrasse über die Wiesen hin, hingestrecktes Wiesenland. Aus dem Zimmer kam Musik, schleppender Schlag. Laue Luft. Von Fernsehturnieren war die Rede, von negativer Theologie, von Walter Benjamin und Boris Becker, der eine Knieverletzung hatte. Name dropping über die Terrasse hin, so daß man fragen wollte: *Wohin hat uns die Sprache verschlagen? Brust oder Nacken?* fragte die Tochter des Spediteurs, die Leggins trug, ein Bein schwarz, das andere weiß. (Gnosis war in, Ende der 80er.) Und wir hörten INDEPENDENT, Ende der 80er. Und wir warn auch INDEPENDENT, wir waren Eklektiker und damit Skeptiker. *Nichts vivificiert uns ganz,* sagte jemand, die Musik hing über der Wiese, schleppender Beat. Die Sonne sank rot hinter den Knicks, da aßen wir Folienkartoffeln, Kartoffeln mit Quark, stapelten Leergut. Der Horizont war tiefrot angelaufen.

Du sollst kommunizieren!

Habermas papam

Setz dich, mein Sohn,
der Tisch ist rund.
Trink ein Glas Wasser,
nimm ein Salatblatt,

mein Sohn, setz dich,
der Diskurs ist sanft,
der Weg ist das Ziel,
Ruhe sei mit dir!

Worte öffnen Fäuste,
sprich mir nach,
Fäuste werden Worte,
Worte sind Fäuste,

mein Sohn. Die Toten
sind kein Gegenstand,
sie äußern sich nicht.
Nimm einen Seufzer,

gib einen Ausruf dazu,
aber vergiß nicht:
Auch du, mein Sohn,
bist ein Dominostein,

kippender Stein in der
Kette des Plapperns.
Du schweigst?
Wie blaß du bist!

Bist du durchblutet,
erhältst du Anerkennung?
Du bist der Moderator,
mein Sohn, die

Diskussion geht weiter,
die Zeit hört auf,
welch kühles Glück.
Herrschaft ist nicht

zu sehen, wir sind
Gespräch, mein Sohn.
Der Tisch deckt sich selbst.
Vergiß nicht zu atmen,

beständig, lebendig,
eingehen wirst du
in das Rauschen der Worte
von Ewigkeit zu Ewigkeit.

Der Weg war leider nicht das Ziel

Sitzend auf dänischen Wohnmöbeln, bedenkend die Krise der Kritik (wie die Kritik der Krise), eine Tasse Fencheltee... fremd seid ihr geworden. Der Besuch versteht nicht, doch ihr erzählt, Fotoalben, Anekdoten, umdüstert, ganze Romane, Parolen, Finger, der die Luft durchfährt – das verschlingt sich und verläuft wie ein Geflecht von Stirnfalten. Von den Zeiten der Verfolgung sprecht ihr, da die Reaktion mit schwarzen Wagen durch die Viertel fuhr, da die Uhren rückwärts liefen, da man euch *Pinscher* – fern aufjaulende Stimme – *Pinscher* rief. Was für Geschichten, vergilbt wie die Fotos mit Sälen, Holzbänken, Reihen von Holzbänken, Gesängen in der Luft. Diese erdenschweren Flanellhemden in erdenfarbenen Grundtönen, die ihr getragen habt, Bärte wie Missionare, denkt ein zerstreuter Besucher. All die Andachtsbücher mit Runen und toten Männern *(Bloch und Dutschke am dänischen Ostseestrand – Tränen der Freude, Tränen der Rührung und des unendlichen Danks).* Dann kommen – der Besuch blinzelt – die 70er: Wassertreten und Neue Subjektivität. Ihr hattet, so hieß es wohl, Theorieentwürfe mittlerer Reichweite. Aber singen mochtet ihr nicht mehr. Abgeknickte Utopien, botanisiert. Nur die Hemden waren dieselben und die Frauen. Sensible Gefährtinnen (auf Fotos entrückt) schrieben die Lyrik:

Wir fahren in die Toskana und finden
– Wunder des Wunders – uns selbst.

Solche Verse finden sich beim Blättern in den alten Büchern. Die Schrift verschwimmt. Irgend etwas herrschte. In den Beziehungskrisen sagtet ihr: *Annäherung durch Wandel.* Wie ihr zu den Oberförstern sagtet: *Wandel durch Annäherung.* Und habt Euch doch geirrt, ein ums andere Mal. Und sitzt nun da, auf dänischen Wohnmöbeln, große Altersohren, mit denen ihr hinabhorcht in eine Zeit, die dem Besucher fremd ist: ein Kabinett, Stimmen, kakophonisch. Wiedergänger, Untote. Sie diskutieren.

Inventur

Zwielicht. Dort
hinter Glas steht
das Pendel
der Standuhr.

Dort die Bücherwand,
umhüllt vom Abendlicht,
deutsche Eiche.
Dort ein Foto,

gerahmt: Schmaler
Kopf, gereckter
Kopf, Lichtfleck. Da
steht geschrieben:

Seid Sand, nicht das Öl
im Getriebe der Welt.
Der Schreibtisch. Eine
Tabakspfeife. Wie alt?

Die Baskenmütze
hängt am Nagel,
am Ausgang
leerer Spiegel.

Alles geordnet, SELA –
Schatten an der Wand,
Restlicht. Dies ist
die Tür ins Freie.

Der Giardino Giusti

Aus dem Stadtzentrum Veronas kommend, die Etsch überquerend, gelangt man zu dem Garten der Familie Giusti. Hier lag ich mit einer Frau. Und zwar im oberen Teil des Gartens, der Wind brachte Kühlung, er fächelte. Wir sahen hinunter auf Grotten, Pavillons, Zypressen, Statuen und kühle Brunnen. Angeordnet von leichter Hand, zu einem Spiel, wesenlos und ohne Gehalt. Aber das machte uns nichts aus. Der Wind fächelte, sie trug einen lilafarbenen Einteiler, ihr Hals war weiß wie Anemonen sind. Wir sprachen etwas, einsam lag der Garten. Die Statuen sind aus weißem Marmor, der kühl in der Hand liegt. Die Zypressen stehen pfriemenartig in der Luft, sie beschirmen die Wege. Die Oberfläche ist die Tiefe der Dinge. Wir lagen, wir sahen über die Dächer von Verona am anderen Ufer der Etsch, wir sprachen etwas. Doch wie im halben Schlummer, der Wind ging leise durch die Bäume, es rauschte, ich dachte: *Die Renaissance ist wirklich eine mit Jetztzeit aufgeladene Vergangenheit. Früher traten hier Elfen auf,* sagte sie, ich sah sie an, sie hatte köstliche Glieder. So lagen wir über Mittag in dieser Oase, verfolgten mit den Augen gewundene Pfade. Und gingen durch verschiedene Wege im Heckenlabyrinth, auf denen man sich sehen kann. Der Wind wispelte und ging leise durch Hohlwege und durch die Arkaden. Durch einen Treppenturm verläßt man den Garten, ein schöner Ort, ja sogar ein Gesamtkunstwerk.

Abgesang

auf die Apfelmännchen, luftige
Wesen, fraktal und heiter.
Auf lispelnde Obstbauern,
ihre Schürzen aus Leinen.

(Ach, die Kunst der 80er
Jahre war Gartenkunst.)
Auf die *Décadence,* lyrische
Katzen, ewig getigert.

Brunnenfiguren, sich selbst
berieselnd, silberne Tropfen,
Fragmente – zersprühn.
Freunde, ach, wir sind groß

geworden im Jahrzehnt
des autogenen Trainings.
Auf das Verlangen nach
Tragik, auf und davon,

das der Entzauberung folgt.
Die Melancholie: aufgegeben.
Out ist die Schwermut.
Auch Handke muß sterben.

Ein Abgesang, ungepudert,
auf Epiloge, Abgesänge,
das ewige *Fin de siècle,*
seine lächelnden Spiegel.

Die Zukunft beginnt

wie auf Raffaels *Madonna:*
Am unteren Bildrand lehnen
die Engel – nächste Generation.
Die müssen fast gähnen,

der Zauber ist alt,
ein Lächeln wächst
auf den Lippen, und bald –
was wissen die Engel?

Den Kopf in der Hand,
schon nicht mehr ganz da
am unteren Rand
ein trostreiches Paar.

Traumkreise

Kreidefelsen auf Rügen

Im Kristall, wie einer Glaskugel
festgehalten, vom schweigenden Blick

überwölbt, starr, antwortlos,
ist diese Szenerie für Leben

kein Beweis. Winterland. Dünnes Licht
liegt auf dem Meer. Ein fernes

Containerschiff, kein Leben auf Deck,
geräuschlos, numeriert. Erstarrt

sind die Bäume am Ufer, die Lettern
ihrer Zweige spreizen, durchkreuzen sich

auf dem unbewegt weißen Himmel,
eine Schrift, gefroren, kein Rätsel

mehr. *Abnehmende Schwerkraft,* inscriptio
einer Landschaft, gebleicht, verworfen.

Dagegen: das Gerinnsel der Worte,
Blutkörper, rieselnde Wärme, das Glück

eines verspäteten Wanderers, murmelnd.
Unendliche Fahrt, kein Finale, kein

Untergang der Ökonomie wird die Schlafenden
entlassen. Ohne Ursprung fällt

dieses Licht ein, in dem die Dinge
(Systeme, Subsysteme, Umwelten, sagt man)

schweben. Wieviel Hoffnung blieb
auf der Strecke. Goethe nannte das Blau

auf Friedrichs *Eismeer*, durch die Wolken-
decke schimmernd, porös, zerschlissen,

ein reizendes Nichts. Tot sind
die Felsen, ohne die Träume

fahl, abgetretene Erinnerung. Der Blick
zerdehnt, über ein lautloses Land,

festgehalten im Kristall wie in der
Glaskugel eines Kindes, die sich wenden

läßt, daß die Szenerie im Gestöber
der Schönheit für eine Zeit verschwimmt,

anfänglich, erfüllt... solch ein Trost
ist die Kunst, solch ein Tand...

Am Strand von Malaga

Der müde Körper
Am Ende Europas,
Glühende Haut,
Liegt und träumt

Vor schwarzer See
Zerwühlter Sand,
Brennt und atmet,
Nackter Name

... *nomina nuda tenemus*...
Hauch vom Meer.
(Der letzte Europäer?
Stephen Hawking, Kopf

Im Rollstuhl, leicht
Zu heben, ein Blut-
Kreis durchs Hirn,
Gedanke, der die Welt-

Formel sucht, er ist
Die Weltformel.)
Schatten glühen
Wie ein Wunsch

... *nomina nuda tenemus*...
Fliegen vorbei
Nackte Namen,
Schwarze See,

Blitze leuchten
Ohne Donner
Und verglühen
Über Afrika.

Zähneputzen

Hinter den Backenzähnen
beginnt das Vergessen.
Während noch am Nachtrand,
wo du stehst, Rauch

zum Himmel steigt, Faden
aus der Schuld
der Anfangswüste,
wo du stehst,

springt der Tag an, unter
dem Kreisen der Bürste
klatscht Schaum ins Becken
und zerläuft. Tag,

der ATEMFRISCHE will,
gurgelnd aufsteigt,
anhebt, ausspuckt,
rauschendes Tagelied.

Wasser fließt,
glasklares Vergessen,
Tag, und alles
was der Fall ist

– die Stimme von Claus Hipp
– Sinn der Babynahrung
– die Geschichte geht weiter
– *total eclipse of the heart*

tägliches Radio. Versinkt,
was du gekannt hast, Landschaft –
billiges Bild, Farben
wie aus einer Kinderbibel

auf den Treppenstufen
vorm Haus zerblättert;
so ein Nachtrest,
immer noch Nachgeschmack.

Traumkreis

Bannkreis, der Donner
schläft und ist
vergessen.

Come and taste!
Ein Zeitbild, das
der große Geist entfaltet,

flüchtig, komm
und sieh: Dort
ziehen

– dämmernden Auges
– leichtbeschattet
– freundlichernst

Geister und Menschen und Mäuse
dahin. Das Schwere
scheidet aus.

Traumgesicht, von Abend
nach Morgen, 1992:
Die Ideen haben eine Stadt

gebaut, bei Paris,
in einem anderen Land,
hinter dem Märchenschloß

mit seinen Türmen –
die Frau davor
trägt ein Reifkleid – ein anderes

Land: *No*
mans land. Abend-
land, die Fantasie

ist an der Macht und
zerstreut sich, Schnee
rieselt, schmilzt auf den Lippen,

komm und sieh:
Eis,
Popcorn,

Freiheit in der Erscheinung.
Come and taste:
Die Mäuse tanzen Quick-

Step,
mit großen Augen,
die Philosophen

lächeln ein bißchen blöde,
aber die Fantasie
ist an der Macht und

die Farben – sieh das Blau
des Ozeanseglers –
sind die Farben

der Kinderträume, denn eure Träume
sind von Angst
grundiert, stumpf:

wenn ihr erwacht, Schweiß
auf den Lippen.
Ein anderes

Land, am Ende
der Schwerkraft, das Abend-
land träumt.

Ein alter Trapper sitzt
auf der Veranda,
er hat die Beine hochgelegt

auf eine Obstkiste,
sieht auf den Fluß,
neben ihm sein Hund.

Alles gefällt jetzt,
Einfältiges
aber am meisten.

Adorno lernt lachen.
Adorno lernt lachen.
Adorno lernt lachen.

Morgenwind, wir werfen
Ballast, dichtgeschnürte Bündel
ab, steigen

auf, der Himmel
weiß,
eine neue Seite,

Schnee rieselt, der Himmel
löst sich, die Ideen
haben eine Stadt gebaut,

ohne Zukunft,
gehen wir
durch die Mainstreet,

die Musik bleibt,
Eternity,
ein Stück für Zither und

Synthesizer, und
Kinderstimmen, da sind
die Neffen der Ducks, Tick,

Trick und Track und
diese Augen,
das ist Pluto, vor mir

steht Pluto – ein Schwindel
ergriff
Europas

Intellektuelle,
mit ihren Mänteln, randlosen
Brillen, im Jahre

1992. *(Die Enten sind*
selbstreferentiell, solches
Zeug reden sie im

Steigflug, im Himmel
bei Paris,
und ihre Brillen beschlagen.)

Eine Tanz-
bewegung, bukolisch, etwas
Reggae, das Volk tummelt sich:

wie auf den glücklichen Bildern
von Bruegel, ein
Fest, nichts anderes,

wo die einzelnen
Dinge leuchten, die Einzel-
heiten: *in den strahlenden Farben*

des Chronisten, denn es ist
eine Idee in voller Inkarnation,
die hier leuchtet,

eine Stadt
am Ende der Schwerkraft.
Und der Tod

wird nicht mehr sein, noch
Leid, noch Geschrei, noch
Schmerz wird mehr sein.

Johannes singt,
FLUSH –
ein telepathischer Blitz zuckt,

es ist ein Traum von der
Wiederbringung aller Dinge,
zeitlos, zerbrechlich,

eine Luftblase,
spaceship earth,
Karfunkel, ein

Traum, was sonst.
Arielle lacht
in 80 Sprachen, ihr

interaktives Lachen.
Das ist die Idee,
Traumkreis,

das Auge
geweitet, im Rund
der Pupille

steht schweigend das Bild.
Schwarz grundiert.
Flüchtig. (Die Mäuse

hinterlassen keine Geschichts-
bücher.)
Weit entfernt.

Traumkreise,
pulsierend, Planeten-
ringe, schillernd,

substanzlos,
umspielen die taube
Masse. Leises

Dröhnen des Körpers,
in großer Ferne
rotiert er mit

Macht. Das
inwendige Donnern.
Und Schwere.

Materie. Schwarz.
(Morgen
beginnt

ein anderes Bild.)

Der Sinn des Mont Blanc

Leute, die jetzt Gedichte lesen,
werden kein Grab mehr haben,

sondern einen Quadratmeter Rasen,
der nach 20 Jahren umgepflügt wird.

Was suchen die Wanderer?
Im Sommer, über das Massiv verstreut,

das sich, Magnet, aus
dem Land erhebt. In der Winterstarre,

wenn die Träume schwach sind
und wie Nebelmenschen

eine Hand erheben. Schatten,
die ein Feld passieren.

Wo das Schneefeld rot wird
und die Flocken glühen,

wo die Menschen aufhören.
Wanderer – mein ewiger Romantik-

Film-ihr-naht-euch-wieder
wie ein Schwarm

von Ideen aufsteigt, den Gipfel
umkreist. Denn die Kraft

des Berges wirkt im Denken fort.
Im Tal von Chamonix stand ich,

(mein Versöhnungskopf),
Ameisen am Berg,

verstreute Wanderer,
Suchende, OUT-

DOOR-EXPERTEN, auf einer
Himmelfahrt, ohne Kompaß,

Code, *denn alles*
Glück ist Gnade dort,

wo der Berg ragt und
die Sprache dünn wird,

wie an Mr. Shelley zu studieren ist. Er
war ein glorreiches Phantom

in der Geschichte
und besang diesen Berg,

das Massiv Erinnerung.
Leute, die jetzt Gedichte lesen,

haben 5 Minuten Zeit
für eine Seite,

aber das reicht vollkommen.

Segler

Segler

Augenbrand, Ende des Sommers.
Odysseus als Tourist: eine
etwas pathetische Formel,
die ich mir vorspreche, an den Mast
gelehnt, als
Versuch.

Die Brandung erzählt
von den Inseln –
tosendes Epos,
verrauschter Gesang.
Das Gesetz der Annäherung:
Küstenlinien werden scharf im Glas,
traumlos.

Schön war Elba als seine Gebirge
Wellen warfen, Fort-
setzung des Meeres, das aus
seinen Kämmen eine Insel
schuf, ungetrennt
von der See und aus Schemen
getürmt, dem Auge
entzogen, Licht
vorm Licht...

Ich glaube nicht an das Meer
und die bestechlichen
Delphine, Silbersprünge
im Kielwasser, für
das Gejohle
der Touristenfähren, Natur-
lyrik.

Odysseus – eine Pause im Dasein.
(Worte wie Kautabak.)
Rückkehr?

Jede Insel ist eine
Geschichte, auf keiner stehen Bettpfosten,
die den Heimkehrenden erwarten.
Bücher liegen unter Deck, *Ithaka-*

calling: die Gesänge der
klassischen Moderne
konvergieren im Kopf
mit dem Möwengeschrei, heiser und
ohne jede Bedeutung.

Da ist kein Gegenglück – Nomadentum –
Widerstand – Abbruch
oder sonst ein heroisches Gefühl. Abends
sitze ich an einem Felsensee,
glasgrün, still. Die Schwebeteile
sind leichter als Wasser. Flocken
sinken, steigen, stille
Diffusion. *Odysseus,*

leise summend.
(Manche freilich
warten auf den Einbruch der
Barbaren, Klingonen, die
mit ihren Phaserpistolen unsere
Asche aufflammen lassen
oder der alten Welt eine
neue Mythologie schenken.)

Das Hemd gebleicht.
Salz an den Haarwurzeln.

Jetzt ist alles eine Frage
der Quantität, der Windstärke.
Wenn die Sirenen gut sind,
bekommen sie einen Vertrag. *Print*

the legend, schreib,
mach, schreib,
denn die Ideen
sind schneller als Dinge,
verdunsten, sie
schuppen, rieseln salzweiß.

Der Horizont verschwindet,
such dir – *Odysseus*
vor der Nacht – eine
Pinienwurzel.
Verschlungen, gefurcht und alt,
mit ruhiger Flamme,
hält eine Nacht.

Orte

Autobahn, Flughafen, Hotel. Und besonders
ein Zimmer im Londoner *Hilton*. Einzig

der Fernseher leuchtet. Wenn ein
Reisender, Antike-Tagung,

auf einem Hotelbett liegt und
durch die Programme gleitet

bis das Reelle seine Gestalt verliert,
blaue Reiter in allen Sendern,

das Fernsehen abstrakt wird,
von Hügel zu Hügel träumt –

beginnt der Geist zu taumeln,
wie die Panther, die den Wagen

des Dionysos zogen. Wenn
in einem schwarzen Hotelzimmer alles

rings umher zunichte wird, so
ist es das, was ich brauche –

vollkommene Zerstreuung.
(Sieh die Sterne! Kannst Du sie zählen?

So wurde das Lebende zerstreut.)
Das Lebende wirrt sich in die Nacht,

Nacht, Einflugschneise für die
uralte Verwirrung, die uns weltweit

verbindet. Hörst Du? Ein
Rauschen, Hintergrund-

rauschen des Weltalls, vom Anfang
her hallt ein Echo nach. Wir aber

haben schlechte Ohren. Auch
das nächtliche Flattern der Lider

verstehen wir nicht als ein Zeichen –
wofür, was sind das für Orte, an denen

kein Mensch bleibt,
was er war, bevor er

startete – krumme
Linie, *Lifeline*, Lebensring, unendliche

Fahrt? Ich soll mich verlieren.
Ich soll mich wiederfinden.

Schwarzes Fenster. Ein Punkt
zieht leuchtend über den Nachtschirm.

Londoner Ortszeit, 23.30 Uhr.

Zuletzt gesehen

Insekten, Hubschrauber sprühn
Gift, Kalifornien, Land

der Plagen. Das urtümliche Personal: Eine
Cellospielerin, eine Frau beim Telefonsex,

ein toter Junge, Schuld
im dritten Glied, der Clown, die

schöngeformte Wasserleiche, was man
kennt, verstockte Herzen,

sinnlose Barbecues.
Aus Abend und Morgen

kein Licht, Zeichen sind wir,
deutungslos – wie der Bulle,

der beim letzten Beben, Schluß-
bild, das Megaphon hält,

unbeirrt, unbeachtet, in den Stiefeln
steht, auf dem bebenden Highway.

Was ich zuletzt gesehen hab,
short cuts, wankende Stiefel, den Staub

seit Salomo – Popcornfraß,
Knirschen, mahlende Zeit.

Leipziger Wandteppich

Was gestern war,
wird heute abgewickelt

Oben die Engel mit den Posaunen
und den Raum-Zeit-Staubsaugern.
Unten ist Connewitz – Apokalypse
der Immobilien: Hinterhöfe,
radlose Trabis darin, magere
Katzen. Ziegel zerrissen wie Brot.

Die Männer sind Germanisten,
kantiger Haarschnitt, Brecht-Ecken,
ihre Augen: hohl, Gespenster-
Germanisten, aus den Büchern,
die sie halten, rieselt Staub,
bedeckt die Füße. Sie versinken.

Dort die Frauengestalt: Archäologie-
studentin, Ägyptologin, Marmor-
stirn, von keiner Hand geformt –
und jetzt auf
Messen in Leipzig
die Standmaus, Elfenbeinfinger
auf einem IBM-Gehäuse, weh!

Weh, Fortuna geht barfuß einher,
ihr T-Shirt: *Born in the GDR!*
Verstreut im Bild: *Reudnitzer*-Flaschen.
An den Rändern wächst Kraut aus
den Höfen, verschlingt sich, umrankt
das Theater. Arabesken, bodenlos.

(Zu sehn in einem Hinterhof in Connewitz).

Der alte Mann

im Tonstudio, der sein Leben diktiert *im Abgrund der Hoffnung,* Mann mit dem Whiskeyglas, *wildharrend* hinter der Glasscheibe *die Maske der Revolution,* erstarrt – hat nichts mit mir zu tun. Er könnte mein Vater sein. Nichts als Wortfetzen, *Zerreißung des Menschen,* für das Archiv *in Erwartung des Krieges...* wer will das behalten? *Hall des Jahrhunderts,* Worte wie düsterer Glockenklang in einer Szene von Pawlow. Das Labor, *Erscheinung des Schreckens,* bestimmter Reflex, funktioniert. Silben fließen. In diesem Jahrhundert leben wir noch, es tönt uns nach, *der Schmerz als Quell,* und fremd schon hör ich Dir zu, alter Erreger, Monologist, *Ich Wolf Ich...* der Mann vor dem Mikrophon, Regler, Aussteuernadeln, das ist der Rest, *das Jahrhundert,* im Ausschlag der Nadeln, erregt – ich hör Dir noch zu, in Deiner Tongruft, ortlose Silben, Fugen, diktiert ohne Standpunkt, verhallen.

Erinnerung

Am Ende also eine Galaxie, so
wollen es die Bilderzähler:

Jahrhundertarmee – in die Nacht
versetzt. Und klamme Zeugen,

fröstelnd, im Bann der toten
Lichter, Sterne, Neuronen...

wenn sie nicht unsichtbar sind
mit ihrem Winkeluniversum,

das Nachtall dehnt sich;
vergessen, achselzuckend,

erhabene Ideen und lachhaft
fernes Licht. Du stehst da wie

der Mönch am Meer – geweitete
Augen, träumend, schmale Weisheit

flieht durch einen Türspalt,
kein Beweis mehr, nichts,

Ideen ohne Gravitation. Du
streifst durch vergessenes

Land. Hier blühen Spiegelungen
legendärer Wüstenhirne. Überall

laufen Zeugen herum oder sitzen
an einem öden Flußbett, Steintal

voller Schutt und lauschen dem
Rauschen. Wanderprediger erzählen

von Kriegen, und ihre Rede wird
ein murmelnder Gesang, lateinisch,

Litanei, verhallend. Wovon soeben
noch die Rede war, ist jetzt

der letzte Monolog, Schlußbild:
Ein Sternseher spricht klagende

Verse, zum Himmel gewandt, und
rauscht in den Brunnen. Nichts

als Nerven, die ins Leere reichen,
der Geist als Tarnkappenflugzeug.

Nachtall: Wirbel der Nebensachen.

Wintermorgen mit Gedicht

I.

Hügel als weiße Hügel, verschwunden die Wege, weiß sind die Zweige der Birken, vereinzelt im Tal. Schnee, über Nacht gefallen, hat das Tal genommen, nichts ist ihm fremd. Schleierhaft, alles still, kein Rauch im Tal, und die Telegrafenleitungen sind weiß durch das Land gespannt. Am Ende der Tannenhang, verschattet noch, weißes Gewirr der Zweige, denen der Schnee das Gewicht nimmt, sie halten still.

II.

Licht, Klarheit, Avocadosalat am Morgen, so beginnt ein Gedicht Frank O'Haras, setzt der Tag ein. Er will die alten Worte. Doch Avocadosalat ist unverzichtbar. Der Morgen im Gleichgewicht, ein glitzerndes Tal – verfremdet ist hier nichts – und der Himmel blau wie's nur geht. Hier und da wölbt sich die leichte Decke des Schnees, Wegränder und Maulwurfshügel... von der Schwebe des Lebendigen spricht O'Hara.

III.

Wenn nämlich von einem System die Rede ist, so fragt sich: Worauf ruht die Erde? Aber sie schwebt, abgelöst, Bildpunkte, Kristalle flirren, die Sonne erreicht das Tal, hingestreckt liegt es da, fühlbar, ein weißes Feld, unbeschrieben. Nun tritt vor die Tür, zieh die Kälte ein, sie reinigt, löscht aus... und etwas kommt zurück, langsam, dünn wie der Schnee an diesem Morgen, alles verwandelnd, ein Überwurf, leicht, verwundert, etwas, das verschwunden war für eine Zeit.

Wittgenstein an Wright

Was haben wir also getan? Cambridge
vermessen, wie Fred Astaire Tanzböden
– Ihnen war Ginger Rogers lieber?

Aus Fußspitzen eine Geometrie,
links, ja links blieb die Welt liegen.
Und Figuren stehen da wie unser Leben,

Erfahrungen, steinern; eine Wolke
von Gründen; die strömende Logik.
Erfinden Sie neue Gleichnisse, Wright,

vom Geschwätz, vom Rauschen, von der
Musik an den Rändern des Rauschens;
bleiben Sie wach und anständig!

Inhalt

Suche

Stimmen in meiner

Zur Zeit

Traumkreise

Segler

Dirk von Petersdorff

Wie es weitergeht

Gedichte

Band 2371

Diese Gedichte nehmen es mit allem auf. Dirk von Petersdorff spielt mit unseren, für die Lyrik angeblich so schlechten Zeiten ein souveränes, pointensicheres Spiel. Mit Ironie und Intelligenz verwandelt er die Schlagzeilen unserer Bewußtseinsindustrie, die Phrasen, Floskeln und Philosopheme, die Mythen und Trivialmythen, die Klischees und Klagen der Gegenwart in verblüffende Verse. »Kleist«, »Indiana Jones« und der »Teamchef« hat in diesen Poemen Platz, besungen wird »das Ende des Sozialismus« ebenso wie »der Ärger mit Susanne«, es geht um »Geschichtsphilosophie«, »Kirschbananensaft«, um »Entropie und Alltag«. Dirk von Petersdorff macht die individuelle wie gesellschaftliche Zersplitterung zu einem Thema mit immer neuen, schillernden Variationen. Es sind Gedichte, die Gehör und Gehirn gleichermaßen beschäftigen.

S. Fischer

fi 1911 / 3

Collection S. Fischer

Hermann Burger
Die allmähliche Verfertigung der Idee beim Schreiben
Frankfurter Poetik-Vorlesung
Band 2348
Als Autor auf der Stör
Band 2353
Ein Mann aus Wörtern
Band 2334
Kirchberger Idyllen
Band 2314

Clemens Eich
Aufstehn und gehn
Gedichte
Band 2316
Zwanzig nach drei
Erzählungen
Band 2356

Dieter Forte
Jean Henry Dunant oder Die Einführung der Zivilisation
Ein Schauspiel
Band 2301

Marianne Gruber
Der Tod des Regenpfeifers
Zwei Erzählungen
Band 2368

Alexander Häusser
Memory
Roman
Band 2379

Wolfgang Hilbig
Abriß der Kritik
Frankfurter Poetikvorlesungen
Band 2383
abwesenheit
gedichte
Band 2308
die versprengung
gedichte. Band 2350
Die Weiber
Band 2355

Peter Stephan Jungk
Rundgang
Roman. Band 2323

Christoph Keller
Wie ist das Wetter in Boulder?
Eine amerikanische Erzählung
Band 2369

Judith Kuckart/
Jörg Aufenanger
Eine Tanzwut
Das TanzTheater Skoronel
Band 2364

Dirk Kurbjuweit
Die Einsamkeit der Krokodile
Roman. Band 2381

Fischer Taschenbuch Verlag

fi 176 / 24 a